UMA REDE PARA IEMANJÁ

ANTONIO CALLADO

UMA REDE PARA IEMANJÁ

Apresentação de Zezé Motta
Prefácio de João Cezar de Castro Rocha

1ª edição

Rio de Janeiro, 2021

Copyright © Teresa Carla Watson Callado e Paulo Crisóstomo Watson Callado

Design de capa: Letícia Quintilhano
Imagem de capa: © Breno Loeser, "Minha mãe"

CIP-BRASIL. CATALOGAÇÃO NA PUBLICAÇÃO
SINDICATO NACIONAL DOS EDITORES DE LIVROS, RJ

C16r

Callado, Antonio, 1917-1997
  Uma rede para Iemanjá : [auto de Natal] / Antonio Callado. – 1ª. ed. – Rio de Janeiro : José Olympio, 2021.

  ISBN 978-65-5847-029-8

  1. Teatro brasileiro. I. Título.

21-73092
CDD: 869.2
CDU: 82-2(81)

Meri Gleice Rodrigues de Souza – Bibliotecária – CRB-7/6439

Este livro foi revisado segundo o novo Acordo Ortográfico da Língua Portuguesa.

Todos os direitos reservados. É proibido reproduzir, armazenar ou transmitir partes deste livro, através de quaisquer meios, sem prévia autorização por escrito.

Reservam-se os direitos desta edição à
EDITORA JOSÉ OLYMPIO LTDA.
Rua Argentina, 171 – 3º andar – São Cristóvão
20921-380 – Rio de Janeiro, RJ
Tel.: (21) 2585-2000.

Seja um leitor preferencial Record.
Cadastre-se no site www.record.com.br
e receba informações sobre nossos
lançamentos e nossas promoções.

Atendimento e venda direta ao leitor:
sac@record.com.br

ISBN 978-65-5847-029-8

Impresso no Brasil
2021

Apresentação

Zezé Motta[*]

A peça *Uma rede para Iemanjá*, de Antonio Callado, é um auto de Natal com um olhar nacional — Callado é um autor realmente preocupado com o Brasil, um Brasil que assume o seu ser brasileiro. Nele, cada personagem é uma tela que retrata a face dos que formam o povo de nosso país. Trata-se de uma enorme contribuição do autor para a reflexão sobre quem somos nós dentro desse mosaico de tipos étnicos. E também para que respeitemos todas as

---

[*] Atriz, cantora e ativista do Movimento Negro Unificado. Estreou no teatro na peça *Roda Viva*, de Chico Buarque, em 1967. Em 1976, consagrou-se no cinema, recebendo diversos prêmios, como protagonista em *Xica da Silva*, filme dirigido por Cacá Diegues com roteiro de Antonio Callado. Na televisão, estreou na lendária novela Beto Rockfeller, em 1968. É considerada a "Rainha Negra" do Brasil.

nossas verdadeiras contribuições culturais, em todos os momentos e setores, sem distinções e privilégios.

Uma rede para Iemanjá é uma peça em um ato, escrita em 1961, que completa a história do Teatro Negro de Antonio Callado — homem que tinha muito bem definido em sua vida e em sua obra o fato de que, para existir igualdade, tem que realmente existir igualdade de condições. Por isso, ele escrevia e lutava para desconstruir tudo o que era contrário a seu ideal. E foi assim que escreveu e lutou para que os atores negros fossem os protagonistas de suas próprias histórias, como nesse "auto de Natal" que tem características nossas.

Callado, que escreveu outras três peças negras, acrescenta um material político-social ao trabalho já construído pelo TEN – Teatro Experimental Negro, de Abdias Nascimento, que começou em 1944. Embora tenha acabado justamente em 1961, esse movimento teatral será permanente, como dá mostras, em 2001, a criação da Companhia Teatral de Negros Os Comuns.

Num panorama em que vemos traçada a nossa religiosidade, este auto de Natal apresenta o Pai do

Juca, um negro de meia-idade, devoto de Iemanjá, que está a todo tempo esperando "a volta" de seu filho — que foi ao encontro da Rainha do Mar nadando, sem mais voltar. Apresenta também Manuel Seringueiro, um caboclo trabalhador de obra, marido de Jacira, loura/índia, mulher do mar/da terra, grávida e sozinha. Ele se envolve com Lili, uma jovem mulher urbana e faceira.

Enquanto procura seu marido, Jacira acaba conhecendo o Pai do Juca, na mesma praia onde ele sempre vai esperar a volta de seu filho, prometida por Iemanjá. Jacira e o Pai do Juca acabam conversando e suas histórias se entrelaçam: Jacira é vista por ele como a presença viva de Iemanjá na terra, enquanto ela vê na história do filho que sumiu o mesmo destino de seu irmão, chamado Zé das Pedras, um homem do mar tanto quanto Juca, que, nas palavras do Pai, parecia um "penedo" quando entrava nas águas salgadas.

A rede de Iemanjá é uma rede de encontros e desencontros, num jogo cênico, numa articulação bem construída para propor mudanças no panorama teatral brasileiro. Nesse mosaico de vários tipos que nos representam verdadeiramente, está registrada nossa religiosidade de matriz africana, num auto de Natal no qual se dá o nascimento e o renascimento no presépio: o negro assumindo o filho negro brasileiro que nasce e que é o Brasil, o novo Brasil. Um Brasil que se foi, nadando em direção à África, e renasce de uma mulher-terra, por uma força sobrenatural do Panteão africano, num ato único e rápido.

Iemanjá. "Mãe dos filhos peixes."

Antonio Callado... Gigante!

O VAIVÉM COMO MÉTODO:
O TEATRO DE ANTONIO CALLADO

João Cezar de Castro Rocha

A produção teatral de Antonio Callado ocorre num período de tempo relativamente curto, porém muito intenso.

De fato, sua primeira peça a ser encenada, *A cidade assassinada*, teve como tema os 400 anos da cidade de São Paulo, celebrados em 1954. O título se refere à transferência da população, do pelourinho — afinal, como ordenar uma povoação sem instrumentos de punição? — e dos foros da cidade de Santo André para São Paulo. Nesse processo, destacaram-se as figuras de João Ramalho e de José de Anchieta, prenunciando o embate entre modelos adversários de colonização, especialmente no tocante à sorte dos grupos indígenas. Recorde-se a fala sintomática de João Ramalho logo no início da ação: "Índio precisa é de enxada na mão e relho no lombo! Esses padres só se metem para atrapalhar".

Desse modo, em seu primeiro texto teatral, Callado começou a articular a visão do mundo característica de sua melhor literatura.

Em primeiro lugar, o espírito celebratório perde terreno para o exame crítico do passado. Repare-se na força do título, evocando menos a *fundação* de São Paulo do que a *decadência* de Santo André. Nas origens de uma nova ordem social, portanto, o autor ressalta a violência inerente ao processo histórico brasileiro.

Além disso, o pano de fundo do conflito entre João Ramalho e José de Anchieta remete à origem mesma de uma violência estrutural ainda hoje presente no cotidiano de nossas cidades. Vale dizer, tudo se passa como se a forma desumana e arbitrária com que os índios foram tratados nos primórdios da colonização tivesse moldado a própria história da civilização brasileira: esse conjunto de desmandos e desigualdades, dissecado e exposto na obra do autor de *Quarup* — e isso no teatro, no jornalismo e na literatura.

No mesmo ano, uma nova peça foi encenada, agora no Rio de Janeiro, e com elenco irretocável: Paulo Autran, Tônia Carrero e Adolfo Celi.

Não é tudo: o tema de *Frankel* estabelece um elo surpreendente entre o distante passado colonial e o presente do escritor, marcado pelo elogio ao progresso e pelo esboço da ideologia desenvolvimentista, que em poucos anos seria consagrada, durante a presidência de Juscelino Kubitschek, na construção de Brasília.

A trama se desenrola no Xingu, num posto do Serviço de Proteção aos Índios. Nesse cenário — em tudo oposto à crescente urbanização dos anos de 1950 —, um mistério, na verdade, um assassinato, reúne uma antropóloga, Estela, um jornalista, Mário Mota, um geólogo, Roberto, e o chefe do posto, João Camargo — cujo nome faz reverberar o João Ramalho de *A cidade assassinada*.

No início da peça, o pesquisador Frankel está morto e o tenso diálogo entre os personagens deve esclarecer as circunstâncias do ocorrido. Surgem, então, revelações que articulam um dos motivos dominantes de entendimento de Callado a respeito da história brasileira: a projeção fantasmática do passado no tempo atual.

Assim, ganha nova dimensão o aspecto sacrificial da morte do pesquisador. Nas palavras de João Camargo: "Os índios não estão conflagrados. Eles foram... foram... como se pode dizer? Foram apaziguados com a morte de Frankel".

O malogrado pesquisador teria levado a cabo experiências comportamentais que reduziram os índios ao papel de meras cobaias de laboratório. Ainda nas palavras de Camargo, o clorofórmio era sistematicamente utilizado "para adormecer índios e realizar 'pequenas intervenções psicológicas', como ele mesmo disse".

As duas primeiras peças, portanto, esboçam um retrato em preto e branco do dilema que atravessa a experiência histórica brasileira: o desprezo, por vezes vitimário, em relação ao "outro outro" — o índio, o preto, o pobre; em suma, todo aquele distantes dos centros do poder.

A peça seguinte, *Pedro Mico*, de 1957, inaugurou o "teatro negro" de Antonio Callado.

Destaque-se a coerência do gesto.

Ora, se, nos textos iniciais, o índio, embora direta ou indiretamente estivesse em cena, não deixava de estar à margem, agora, o excluído por definição do universo urbano — o preto, favelado e marginal — assume o protagonismo, esboçando o desenho da utopia que marcou a literatura do autor de *Tempo de Arraes*: a possibilidade de uma revolta organizada, talvez mesmo de uma revolução, a fim de superar as desigualdades estruturadoras da ordem social nos tristes trópicos.

Pedro Mico é um típico malandro carioca, sedutor e bem falante, que, perseguido pela polícia, se encontra escondido num barraco do Morro da Catacumba. Em aparência, o malandro não tem saída. Eis, então, que sua nova amante, a prostituta Aparecida, imagina um paralelo que enobrece o desafio: "O Zumbi deve ter sido um crioulo assim como você, bem parecido, despachado. (...) E não fazia nada de araque não. Se arrumou direitinho para poder lutar de verdade".

A história do líder negro inspirou o malandro carioca a inventar um modo astuto de enganar os policiais. Ele fingiu que se havia suicidado; afinal, como ele sussurrou: "Zumbi, mas vivo."

Os dois conseguem escapar ao cerco e, já no final da peça, Aparecida dá voz ao desejo nada obscuro de Callado: "Você já pensou, Pedro, se a turma de todos os morros combinasse para fazer uma descida dessa no mesmo dia?..."

A utopia se esboça, ainda que as contradições insistam em mantê-la no não lugar dos inúmeros Morros da Catacumba que emolduram a cidade. Nas primeiras encenações de *Pedro Mico*, no Rio de Janeiro e em São Paulo, o protagonista foi representado por um ator branco pintado de preto.

(Pois é: *all that jaz* nos palcos tupiniquins...)

No mesmo ano de 1957, Callado escreveu *O colar de coral*. Outra vez, idêntica encruzilhada se afirmou no vaivém entre o atavismo do passado e as promessas de um presente com potencial revolucionário. O enredo associa a decadência do mundo rural, isto é, da família patriarcal, à reescrita de *Romeu e Julieta*.

Vejamos.

Os Monteiro e os Macedo, remanescentes de famílias um dia poderosas no Ceará, vivem seu prolongado eclipse no Rio de Janeiro. Nem a ruína econômica, tampouco a transferência para a capital do país atenuaram o ódio e a rivalidade das duas famílias.

Eis que o atavismo começa a ser superado pelo amor que une Claudio Macedo e Manuela Monteiro — aliás, ressalve-se a função transgressora e insubmissa da mulher no teatro de Antonio Callado. A intriga se resolve na determinação dos jovens amantes em romper com o ciclo interminável da vingança. Coube a Manuela materializar um novo tempo ao advertir duramente sua avó:

MANUELA — Cale essas histórias para sempre. Ninguém fará circular o ar pelo porão da sua saudade, atulhado de mortos. A senhora não ouviu

Claudio delirante, que lhe dava uma lição. Uma pequena bomba cheia de sol acabou com o crime. Ele perdoou papai, você, Ezequias Macedo e Fernando Monteiro, todos os Macedos e Monteiros que rezavam sua ira em capelas de ódio.

Em *Raízes do Brasil* (1936), Sérgio Buarque de Hollanda supôs que o homem cordial, esse rebento do universo agrário e da família patriarcal, seria superado pela urbanização, cuja lógica, em tese objetiva e impessoal, deveria propiciar formas diversas de relacionamento, para além do predomínio do afeto e dos interesses particulares. A seu modo, Callado compartilhava a expectativa do historiador e a fala de Manuela é bem uma vela acendida em memória de um passado a ser definitivamente deixado para trás.

No ano seguinte, Callado aprofundou o gesto de reescrita da história, e, ao mesmo tempo, retomou o projeto do "teatro negro". Assim, em 1958, o autor de *A expedição Montaigne*, teve encenada *O tesouro de Chica da Silva*.

As venturas e desventuras da ex-escravizada são bem conhecidas; por isso, importam ainda mais as torções impostas pelo autor à história.

Em primeiro lugar, Chica da Silva é protagonista indiscutida da trama, dominando os dominadores tanto pela sedução, quanto, e, sobretudo, pela astúcia. Macunaíma que se recusou a virar constelação, a ex-escravizada do Tijuco decidiu brilhar sozinha! Inversão bem-sucedida que conheceu uma inspirada tradução cênica: no início da ação, Chica vê-se cercada por suas mucamas. E, como o coro nas tragédias gregas, elas pontuam suas peripécias, dialogando com a senhora e comentando as circunstâncias do tempo.

Heroína trágica: portanto, com toda a nobreza relacionada ao papel. Contudo, assim como Pedro Mico, Chica da Silva deseja a altivez da personagem, mas não sua queda inevitável. Para tanto, concebe um artifício que assegura sua liberdade e a prosperidade do contratador João Fernandes, reduzido à passividade, quase à inação. Cabe à ex-escravizada dobrar o Conde de Valadares: o *tesouro* do título se refere sobretudo à inteligência de Chica e não apenas aos diamantes das Minas Gerais, que, por certo, ela nunca deixou de acumular.

A sombra tutelar de Zumbi também é visível no drama; porém, de novo, a questão não é mais o elogio da morte heroica, porém o triunfo possível em condições adversas. Difícil equação, armada graças à astúcia de uma razão que faz sua a riqueza alheia, mas sem abdicar dos méritos próprios. Essa é a dialética que se presencia no autêntico duelo musical que opõe o Conde de Valadares e a ex-escravizada. Eis a troca de farpas e agudezas:

VALADARES — Mas esta música... Isto é coisa de Viena d'Áustria, pois não?
CHICA — Isto é do maestro daqui mesmo. Ele toca órgão na igreja de Santo Antônio. (...) Chega de música, maestro. O senhor conde quer agora um lundu e umas modinhas, quer música de quintal e de serenata.

Em 1958, mantendo o impressionante ritmo de sua produção teatral, Callado escreveu *A revolta da cachaça*, terceira peça do "teatro negro". Em alguma medida, ele aproveitou para acertar contas com o teatro brasileiro, num texto onde se dão as mãos metalinguagem e recuperação da história.

Explico.

Como vimos, nas primeiras apresentações de *Pedro Mico*, o papel do protagonista foi desempenhado por atores brancos pintados. Agora, surge em cena um autor negro — a peça foi dedicada a Grande Otelo, que deveria tê-la encenado; porém, o projeto não foi adiante —, cansado de repetir papéis subalternos: "Não aguento mais ser copeiro, punguista e assaltante".

De fato, Ambrósio tinha toda razão e, por isso, exigia de Vito, escritor seu amigo, que finalmente concluísse a peça escrita especialmente para ele e prometida há uns bons dez anos: "Preciso da peça, Vito! Ou você está querendo me sacanear? (…) Vai me tratar feito moleque? Eu te mato, Vito!"

O título da peça, aliás, alude à Revolta da Cachaça, sucedida no Rio de Janeiro de novembro de 1660 a abril do ano seguinte. O objetivo da rebelião era contestar o monopólio da produção do destilado e um de seus nomes mais destacados foi o do negro João de Angola. Mais uma vez, Callado recorre ao vaivém entre tempos históricos, oscilando da releitura do passado ao exame crítico do contemporâneo, cujos impasses são assim mais bem explicitados.

Por exemplo, recorde-se a fala incisiva de Ambrósio:

— Quando a gente pensa que peças de teatro são escritas no Brasil desde que Cabral abriu a cortina desse palco (Anchieta já fazia teatro) parece incrível que esta seja a primeira que tem um preto como protagonista. (...) E preto-protagonista é crioulo mesmo e não preto pintado de branco.

Pois é: contudo, como esquecer que a peça não foi encenada na época de sua escrita?

Mais: permaneceu inédita até 1983, quando se publicaram os quatros textos do "teatro negro" num único volume.

Não será a força desse atavismo conservador o móvel da dramaturgia de Antonio Callado? Isto é, suas peças constituem uma forma de denúncia, uma rebeldia cênica frente à desigualdade nossa de cada dia.

Encerremos este breve estudo com um auto de Natal, reinterpretado à luz das transformações da sociedade brasileira no início dos anos de 1960; o ciclo, assim, se fecha: da alusão aos autos de José de Anchieta, presente em *A cidade assassinada*, à estrutura de um auto em sua última peça.

Escrita em 1961, *Uma rede para Iemanjá*, completa o mosaico do "teatro negro". O enredo é singelo: Jacira, grávida, foi abandonada pelo marido, Manuel Seringueiro. Sozinha, prestes a parir, encontra, na praia, o personagem descrito como o "Pai do Juca", cuja fala inicial desvenda seu epíteto:

— Está quase fazendo um ano certo, Iemanjá. É tempo de trazer de volta o meu menino...

No primeiro plano, uma história de ilusões perdidas. Contudo, em meio a esse cenário, Jacira encontra ânimo para imaginar uma alternativa — como sempre, cabe à mulher articular a imagem da utopia:

— Pai do Juca, você precisa deixar de pensar tanto no seu filho e em Iemanjá. Você anda misturando muito as coisas. Você sabe? Eu já estou quase consolada de ter perdido o meu Manuel. Não pense tanto no Juca. Deixe o consolo vir.

A peça termina no momento em que o filho de Jacira vai nascer. A rubrica do autor é precisa:

Pano Lento

Fim

Ao que tudo indica, ainda mais lento é o ritmo das mudanças numa sociedade como a brasileira.
(O vaivém como método: crítica corrosiva de estruturas que se perpetuam.)

PERSONAGENS

PAI DO JUCA
(mulato ou preto de meia-idade)

JACIRA
(mulher jovem e loura)

MANUEL SERINGUEIRO
(marido de Jacira)

LILI
(namorada de Manuel)

CHEFE DA OBRA E TRABALHADOR DO EDIFÍCIO EM QUE TRABALHA MANUEL

ATO ÚNICO

(Ao fundo da cena, em telão pintado, um posto de salvamento e a massa de edifícios de Copacabana como se fosse vista da areia da praia. Esse telão deve ser bem mais comprido do que o vê o público, para que, ao deslizar inteiriço em certo ponto da peça, dê a ideia de que os atores estão andando muito mais do que fazem. No centro da cena há um banco de cimento, como os da praia. O mar é a plateia.

Quando abre a cortina, Pai do Juca está sozinho, sentado numa extremidade do banco. Tem ao seu lado, no banco, uma sacola, e, na mão, um ramo de flores — rosas, cravos, dálias — brancas. É noite.)

PAI DO JUCA (*para o mar em frente*) — Está quase fazendo um ano certo, Iemanjá. É tempo de trazer de volta o meu menino... (*leva a mão direita à altura do ouvido, como se escutasse*) Está bem, está bem, eu compreendo.

Não é todo dia que aparece no fundo do mar um caboclo como o meu Juca, mas, que diabo, ele podia pelo menos vir passar as festas em casa... Outro dia eu acordei no meio da noite sentindo que o Juca estava querendo falar comigo. Botei no ouvido o caramujo grande que apanhei em São Conrado e de primeiro pensei que não ia ouvir a voz dele. Só tinha aquele barulhinho de mar manso. Depois a voz do Juca veio vindo lá do fundo dos fundos, meio enrolada, meio assim de mar grosso, meio verde, mas depois estourou clarinha no meu ouvido feito uma onda que levanta os peitos e — tcháaa — rebenta com franqueza na praia. (*Pai do Juca levanta, alegre, e fala animado com o mar*) Na horinha mesmo em que a onda fez tchá, a voz do Juca disse: "Iemanjá! Iemanjá!" E me falou então que Iemanjá tinha dito a ele que, quando inteirasse um ano, dia 31, ele vinha visitar o pai. Não foi, Iemanjá?... *(mão no ouvido)* Não foi?... Diga, diga que foi... Diga alguma coisa... Ou então me leva para onde está o meu Juca. Afinal de contas, tem muito pai que mora com o filho casado. Me leva, Iemanjá...

(Pai do Juca dá uns passos em direção ao mar, indo até a beira da orquestra, isto é, até a areia. Mas ouve passos e vozes que vêm da direita, quebra-se o encanto de sua conversa com Iemanjá, vai voltando à sua ponta de banco, cabeça abaixada. Logo depois de aparecerem, na extrema direita, Manuel e Lili param para se beijar, murmurando coisas um para o outro. Vêm andando, enlaçados, até que sentam na extremidade desocupada do banco. Em toda a cena seguinte se tem a impressão, de quando em quando, de que Pai do Juca está rezando.)

Lili — Escuta, bem, agora é só você querer. Eu falei com o galeguinho empreiteiro e ele disse que é só tu aparecer com a pá e pode começar a fazer muro.

Manuel — Essa obra lá da Cinco de Julho onde eu estou é boa, Lili. Não sei...

Lili *(irritada)* — Ah, não sabe o quê?... Me importa lá que a obra seja boa ou ruim? O fato é que, se você ficar lá, tua mulher sai da maternidade e vai bater direitinho no meio do pessoal e fecha o tempo.

Manuel — A Jacira não é disso.

Lili — Ah, não é, não é? A vagabunda vai ver que sou eu. A Jacira é um anjo de ternura. *(levanta-se e o enfrenta, mãos nas cadeiras)* A Lilizinha está aqui só enquanto a barriga da outra é grande demais. Quando a barriga esvaziar você vai lá ninar a criança, não é? *(chorosa)* É para isso que eu sirvo...

Manuel (*puxando-a para o colo, apaixonado*)
— Você serve para me botar doido, Lili. Sem você não vivo, não, não posso.

Lili (*afagando-lhe a cabeça*) — Então vamos lá na obra pegar os seus trapos, meu bem.

Manuel — Está bem. Daqui a pouco vamos lá.

Lili — Vamos agora, Manuel. Tenho um medo danado que tua mulher...

Manuel — Ela nem sabe direito onde fica a obra. E está para ter o menino a qualquer minuto. (*sonhador*) Antes dela ir para a maternidade a gente vinha sentar aqui neste posto.

Lili — Mas você disse que ela estava doida para sair de lá, até para fugir...

Manuel — Não foge, não. Como é que vai fugir madurinha daquele jeito? Ainda mais que há uma semana, quando entrou para lá, ela estava com um febrão doido.

Lili — Mas ela não disse? Ela queria fugir!...

Manuel — Queria porque queria uma rede para ter o filho. Pronto! Meteu na cabeça que toda mulher na família dela sempre teve menino na rede e ela não pode ter o dela chapada numa cama feito uma pamonha na folha de milho.

Lili — Você fica logo todo dengoso quando fala na Jacira. Ah, também! Quero ver quando ela te aparecer na obra de guri no braço berrando: "Toma que o filho é teu!"

Manuel — Eu... Eu não fico dengoso nada.

Lili — Por que é que tu não levou logo uma rede para a tal da Jacira?

Manuel — Porque na maternidade que o chefe da obra arranjou para ela não tem um raio dum mourão com gancho de pendurar rede. E deram para ela um porão com duas mulheres mais. Abrir uma rede ali é feito atirar o arrastão numa banheira.

Lili — Mas lá tem gente de guarda, não tem? Não vão deixar ninguém sair assim de qualquer jeito!

Manuel — Tem gente lá para cima, isso tem. Ali onde está Jacira não vejo tanta gente assim, não. Tem umas enfermeiras, de vez em quando.

Lili — Manuel, vamos lá na obra. É Cinco de Julho, não é?

Manuel — É, sim, pertinho da Santa Clara.

Lili — Pois a gente pega teus troços lá e toca para a obra do meu galeguinho.

Manuel — Olha, Lili, também não estou gostando desse teu jeito de falar no portuga, não. Tu estranha que eu fale na minha mulher assim com pena dela, coitada, mas tu fala no mondrongo como se ele fosse feito de rapadura.

Lili — Ora, deixa de bobagem, Mané Seringueiro. Naturalmente que eu tratei o galeguinho bem quando fui pedir um emprego para você... Foi só isso.

Manuel — Ah, está bem. Tu chegou para o portuga e disse: "Olha aqui meu nego, o Mané Seringueiro quer trabalhar aqui na sua empreitada." E o portuga logo disse: "Claro, ora essa, o Mané Seringueiro! Nunca o vi mais gordo mas vá trazendo." Ah, Lili, essa não!

LILI — Olha aqui, bem, o galeguinho dá em cima de mim, sim...

MANUEL — Está vendo? Eu não disse?

LILI — Mas eu juro que nunca me pegou na ponta do dedo.

MANUEL *(amuado, virando a cara para a direita)* — Ah, natural, que é que ele havia de querer com a ponta do dedo, não é mesmo?

LILI — Deixa de ser safado, Mané, eu não tenho nada com o cara, não...

(Manuel nem ouviu a última fala. Está de pescoço esticado para a direita, de onde veio. Perscruta a distância e se levanta, nervoso.)

MANUEL — E agora, e agora, meu Deus?...

Lili — Que foi?

Manuel — É Jacira. *(olha de novo)* Aposto que é. E vem pela beira do mar... *(vai chamá-la, mão em concha na boca)* Ja...

Lili *(tapando-lhe a boca)* — Vamos embora!

Manuel — Mas a Jacira...

Lili — Se tu não vem agora, não quero mais te ver.

(Vai andando para a esquerda, sem que primeiro Manuel a siga, já que ele está olhando para o lado oposto. Lili volta e o abraça estreitamente pelas costas.)

Lili — Vem, meu anjo. Vamos na Cinco de Julho buscar tuas coisas, e, amanhã, vida nova.

(Lili o vira, beija-o e finalmente consegue arrastá-lo. Saem pela esquerda. Pai do Juca está de novo só. Retoma, do murmúrio para a voz, sua conversa com Iemanjá.)

Pai do Juca — Promessa é dívida, Iemanjá... Eu prometi à Senhora uma grinalda de rosas dentro de uma grinalda de velas bem no beiço da maré se o meu Juca vier para as festas... Diga que sim, Iemanjá... Vamos... Ele já me disse que vem.

(Pela direita e na faixa de areia vem entrando Jacira, grávida, de branco, com um desses vestidos de duas peças que as mulheres grávidas usam. Está descalça.)

Pai do Juca — Por que a Senhora não me dá ao menos um sinal, uma esperança, uma coisinha de nada...

(Pai do Juca tomba de joelhos, enterra a cabeça no peito e soluça. Está literalmente no caminho de Jacira, que se curva um pouco para lhe falar.)

Jacira — Reze por mim também. Peça duas árvores e uma rede...

(Pai do Juca levanta a cabeça, fica deslumbrado ao ver Jacira e lhe estende as flores.)

PAI DO JUCA — Iemanjá...
   JACIRA — Quem é Iemanjá?...
PAI DO JUCA — Iemanjá, Senhora do Mar, Rainha das Ondas...
   JACIRA *(olhando-o bem, como quem olha um doido manso)* — Se eu fosse tudo isso, não precisava de tão pouco.
PAI DO JUCA — Árvore é coisa da terra...
   JACIRA *(sorrindo)* — Isso é verdade.
PAI DO JUCA — E o filho?...
   JACIRA — O filho? Ainda não nasceu...
PAI DO JUCA *(que então a olha, olha a sua gravidez)* — Ah...
   JACIRA *(passando a mão pela fronte)* — Ah, meu Deus, como eu esperava encontrar Manuel aqui!

PAI DO JUCA *(fazendo um esforço de memória)* — Manuel, Manuel, acho que estava aqui, sim.

Jacira — Aqui mesmo?
Pai do Juca — Sim.
Jacira — Qual, o senhor é muito bom e quer me consolar.

(Leva de novo a mão à cabeça.)

Pai do Juca — Que é que está sentindo?
Jacira — Uma tontura. Parece que tem um mar de ressaca na minha cabeça.
Pai do Juca *(movimento afirmativo de cabeça)* — Foi num mar de ressaca que ele desapareceu, Iemanjá.
Jacira — Meu nome é Jacira.
Pai do Juca — Um nome na terra e um nome de mar. Mas o mar veio todo em sua cabeça.
Jacira — Nunca tive tanta vontade de entrar no mar e de sair andando, andando... Eu fugi de repente. Aproveitei que as roupas da última a chegar ainda estavam na cama dela, vesti as roupas e

saí... Sem sapatos, para que ninguém me ouvisse, e só reparei que estava na praia quando senti nos pés o frio do mar... Meus irmãos eram homens do mar.

PAI DO JUCA — Aganju, Orunjã...

JACIRA — O Cotia, o Zé das Pedras. Quando eu fui para o Pará menina, eles não vieram de jeito nenhum. Não podiam deixar a praia de Jacumã... *(ri)* O Cotia viveu no mar desde os seis anos de idade. A cabocla da Barra de Camaratuba que acabou conseguindo casar com ele me disse que, quando eles deram o primeiro beijo pra valer, ela teve que cuspir de banda: era sal puro. Zé das Pedras morreu...

PAI DO JUCA — Morreu no mar?

JACIRA — Nas casas de Jacumã quase não entra tábua de caixão. Os homens ficam nos paus da jangada mesmo. Será que o Zé estava me chamando de dentro do mar quando eu senti a friagem nos pés e quase entrei?...

PAI DO JUCA — Capaz.

JACIRA — Mulher que não dá certo com o marido fica com saudade do irmão. Ainda mais de irmão morto. Morto no mar. Se ao menos eu tivesse uma rede!

PAI DO JUCA — Razoável. Rede joga feito barco. Meu Juca não dormia em rede, não, mas também passava o dia no mar...

JACIRA — Quem era? Seu parente?

PAI DO JUCA *(meio zangado)* — Meu parente?... Ora, não fale assim. Bom, pode ser que seja o uso da terra que atrapalha a Rainha. Pois meu nome é até Pai do Juca, de tanto que eu só falo no meu filho!

JACIRA — Ele morreu no mar?

PAI DO JUCA — Ele vai voltar do mar.

JACIRA — Era pescador?

PAI DO JUCA — Pescador? Pescador de peixe, não! Era pescador de gente! Era o guarda-

-vidas mais afamado da Ponta do Leme até a Marambaia. Juca ainda não tinha vinte anos e tinha tirado das ondas — sei lá — uma centena de gente desesperada. Aqui mesmo neste posto bem umas dez pessoas voltaram para a areia nos braços dele.

JACIRA — Trabalho de homem, como o trabalho dos meus irmãos. E ele era alegre e manso, não era?

PAI DO JUCA — Era.

JACIRA — Eu tinha certeza.

PAI DO JUCA *(rindo como quem ri de quem mente mas não engana)* — Certeza? Tinha lembranças, tinha sabença do jeito do meu Juca, ora! Quando ele pisava na praia de calção, cinturão de lona e camisa de meia branca, a gente estava vendo logo que não tinha homem para aguentar um esbarrão daquilo. Parecia que um penedo ia tomar banho de mar! Mas a criançada cercava ele e subia por cima dele e o Juca só fazia rir e brincar. Ficava como uma amendoeira daquelas do Posto Seis quando dá passarinho.

JACIRA *(levantando do banco e olhando o mar)* — Foi bom encontrar você aqui, Pai do Juca. Nós conversamos, conversamos e eu vi que estava certo o que eu fiz hoje... Ou quis fazer. Eu preciso voltar para o mar.

PAI DO JUCA — Naturalmente a dona Jacira sempre volta para o mar.

JACIRA — Vou dar a mão ao Zé das Pedras, ao Juca...

PAI DO JUCA — Deixe antes o Juca em terra.

JACIRA — Pai do Juca, eu prometo dizer ao seu filho que venha ver você no banco da praia, e, se vier com ele um rapaz também, alegre e forte, é Zé das Pedras, que chegou rindo, o cabelo cheio de areia das praias do Norte. Adeus, Pai do Juca.

(Jacira se levanta, mas Pai do Juca a segura pela mão. Jacira olha o mar em frente e começa a andar num delírio.)

>JACIRA — Vou pro céu, que o mar é céu que a chuva derreteu. O mar é uma rede grande.

(Jacira dá dois passos em direção ao mar, mas suas pernas vergam. Pai do Juca a ampara antes que caia.)

PAI DO JUCA *(trazendo Jacira para o banco)* — O farnel, o farnel de Juca! *(tira da sacola uma garrafa térmica e serve café no copinho de metal)* Ô gente, e eu esquecendo que Iemanjá em terra tem de comer feito qualquer um!

(Jacira bebe o café.)

PAI DO JUCA — Tem pão, tem mortadela e tem cocada.

Jacira — Dê-me um pedaço de pão.
Pai do Juca *(dando o pão)* — Tome.
Jacira — Mas eu estou comendo a sua ceia.
Pai do Juca — Não é minha. É a ceia do meu filho Juca. Desde que ele desapareceu, no 31 de dezembro do ano passado, que eu venho cá sempre que posso e trago um farnelzinho das coisas que ele gostava.
Jacira — E levava tudo de volta? *(pondo a mão no braço dele)* Pobre Pai do Juca...
Pai do Juca — Não, não levava, não. Eu fazia igualzinho como estou fazendo hoje.
Jacira — Como hoje?
Pai do Juca — É. Deixava lá na areia para Iemanjá.
Jacira *(que, animada com o café e o pão, ri e sacode os cabelos)* — Quando acaba, um belo dia, Iemanjá veio comer na sua mão!
Pai do Juca *(olhando os cabelos dela)* — Eu sabia que ela vinha. Feito um canário ensinado.

Jacira — Pai do Juca, vou lhe dizer uma coisa. Eu pensei que sem encontrar o Manuel eu nunca mais ia rir na minha vida. Mas você e o seu café quente estão fazendo eu me sentir viva de novo.

Pai do Juca *(solene)* — Não é isso não, Rainha. Gente que vive n'água só sente o frio da vida inteira vivida dentro d'água quando pisa terra. O frio só passa depois de café ou de cachaça.

Jacira — Ih, Pai do Juca, se você me der um gole de cachaça eu sou capaz de dançar na praia, apesar desse menino que toda hora dança dentro de mim. Ele dança nas minhas águas e eu danço nas águas do mar! Acho que o menino quer mesmo nascer no mar.

Pai do Juca — Se fosse noite de 31, que é noite de sua festa, eu dizia que sim, mas hoje, não.

Jacira *(bebendo mais café e comendo pão)* — Seu filho Juca, Paizinho, ele estava salvando quem, quando se afogou?

Pai do Juca *(enérgico)* — Ah, não estava! Aí é que são elas. Se fosse um salvamento eu podia aceitar que Juca tinha falecido, ah, podia. Mas não, ele veio para a praia já noitinha. A gente de Iemanjá estava até começando a chegar na praia e o mar tome de lamber cravo branco e rosa branca. Ali da igreja na praça ia saindo um andor com a Virgem Maria, pra lutar com a Dona Janaína, pois tem cara aí que pensa que elazinhas são inimigas.

Jacira — Mas santo de Igreja é santo mesmo, Pai do Juca! E a Virgem é a Mãe de Deus.

Pai do Juca — É, mas não tem a das Dores, Auxiliadora, da Boa Viagem, de Fátima e do Ó? Iemanjá é a Virgem que toma banho de mar.

Jacira — Pai do Juca, você precisa deixar de pensar tanto no seu filho e em Iemanjá. Você anda misturando muito as coisas. Você sabe? Eu já estou quase consolada de ter perdido o meu Manuel. Não pense tanto no Juca. Deixe o consolo vir.

PAI DO JUCA *(rindo)* — Já veio. Posso pensar nele, falar nele, ver ele outra vez na noitinha de 31. Chamando a atenção de todo mundo por ser um caboclo tão bonito e por entrar nas ondas fortes como se entrasse em cama de linho. E ele venceu as ondas, passou a arrebentação, nadou e nadou tanto que parecia lá longe uma gaivota pousada na onda. E foi, foi, nadando sempre mais rápido, nada de se afogando, nem de se debatendo: atendendo a um chamado. O chamado de...

JACIRA — Iemanjá.

PAI DO JUCA — Iemanjá. Não tem nada de triste a história.

JACIRA — Atendendo a um chamado... Pai do Juca, meu filho vai nascer ainda hoje. Ou eu volto agora para a maternidade e peço perdão, ou mais tarde vou cair numa esquina e alguém tem que chamar uma ambulância. Ah, Manuel, Manuel Seringueiro, nem uma rede para o seu menino você arranjou!

PAI DO JUCA *(aflito, buscando lembrar alguma coisa)* — Ele esteve aqui... Ou me falou num sonho. Rua Cinco de Julho...

JACIRA — Esse foi o nome da rua que ele também me disse! Isso mesmo. Perto de outra rua...

PAI DO JUCA *(levantando-se, deixando no banco as flores e um pãozinho inteiro, levando a sacola e segurando a mão de Jacira)* — Pertinho da Santa Clara!

JACIRA — Será isso mesmo? O patrão dele na obra é um homem bom. Foi ele que arranjou a maternidade de graça para mim. Se a gente pudesse falar com ele!

PAI DO JUCA — É lá mesmo. Pertinho da Santa Clara.

(Pai do Juca e Jacira começam a andar, de mãos dadas. Andam devagar, enquanto por trás deles o telão pintado vai deslizando na direção oposta. O telão, finalmente, acaba de passar, revelando, ao fundo, mourões de madeira e uma casinhola de vigia, um banco tosco, caixotes. O importante é dar a impressão de uma obra, por trás de andaimes etc. Dois dos mourões precisam ser firmes. Têm ganchos de armar rede. Estão ali trabalhadores, pelo menos dois. Um deles é o Chefe da obra, o patrão a quem Jacira se referiu. Pita um cachimbinho de barro e é homem de poucas palavras.)

PAI DO JUCA *(ao Chefe da obra)* — É aqui que trabalha Manuel Seringueiro?

JACIRA — Ele é pedreiro... É assim rapaz moço, vivo...

CHEFE DA OBRA *(tirando o cachimbo da boca)* — Sei, sei quem é ele.

PAI DO JUCA — Então ele trabalha mesmo aqui, não é?

CHEFE DA OBRA — Trabalhava.

Jacira — Trabalhava?... Até quando?...
Chefe da obra — Até... Há coisa de uns vinte minutos.
Jacira — E... Foi embora?
Chefe da obra — Passou por aqui feito um pé de vento, cobrou um dinheirinho que ainda tinha e se foi.
Jacira *(levando a mão à cabeça)* — Oh, senhor...

(Jacira apoia-se no mourão, chorando. Chefe da obra, mais alerta, tira o cachimbo da boca e a conduz até o banco. Olha interrogativamente para o Pai do Juca.)

Pai do Juca — Manuel Seringueiro é o marido dela, aqui na terra.
Chefe da obra — Aqui no Rio?...
Pai do Juca *(dando de ombros)* — É.
Chefe da obra — E tem outra mulher?
Pai do Juca — Não sei, não.

(O outro Trabalhador, que ainda não falou, sem que Pai do Juca o veja, faz sinal ao Chefe da obra para dizer que Pai do Juca é maluco.)

Trabalhador *(a Pai do Juca)* — Você não é o Pai do Juca, que está sempre lá na frente do posto?

Pai do Juca — Acabou minha vigília. Agora não vou mais lá, não.

Trabalhador *(para o Chefe da obra)* — O Juca, filho dele, era banhista, e morreu afogado. Desde aquele tempo, Pai do Juca vai lá esperar o filho.

Pai do Juca — Vou mais, não.

Chefe da obra *(para Pai do Juca)* — Ela esteve na praia?

Jacira *(respondendo)* — Não foi o senhor que me arranjou a maternidade?

Chefe da obra — Foi... Quer dizer, seu marido me disse que a senhora estava com tanta febre que era caso de perder o menino. Eu conhecia os enfermeiros lá do hospital e... pronto. Falei com eles.

Jacira — Pois é. E feito uma boba eu fugi de lá hoje. O melhor é me levarem de volta.

Chefe da obra — Mas então o Manuel Seringueiro?...

Jacira — Me largou lá na maternidade e me abandonou. Mais de uma semana que não aparecia. Eu então resolvi procurar ele, sei lá, resolvi sair do meio daquelas mulheres e daqueles quatro muros de portão, daquela cama dura e do colchão espesso.

Chefe da obra — Patife do Manuel! Não me disse nada. Bem que ele estava com uma...

(Chefe da obra para de repente.)

Jacira — Com uma mulher... Eu tinha certeza. E acho que ele foi de vez. Levou tudo, não levou?

Chefe da obra — Creio que sim. Carregou uma trouxa grande e um bauzinho de folha. *(para o Trabalhador)* Espia lá no canto do Manuel Seringueiro.

(Trabalhador desaparece atrás da casinhola.)

Chefe da obra — Pelo jeito aquele cabra ordinário levou tudinho.
Pai do Juca — Às vezes a gente faz coisa que parece ruim, mas sem culpa da gente. Tem que fazer.
Chefe da obra *(sem lhe prestar atenção)* — Eu bem que achei que o peste do Manuel estava muito desesperado de pressa, mas podia lá adivinhar!

(Trabalhador reaparece trazendo nos braços uma rede embolada.)

Trabalhador — O Manuel Seringueiro levou todo trem que tinha. Só deixou a rede.

Jacira *(levantando a cabeça)* — A rede? Ele deixou a rede?...

Trabalhador — Estava atirada num canto.

Chefe da obra *(cachimbo na boca, resmungando)* — Esqueceu. Ele veio para fazer a sujeira completa.

Pai do Juca *(docemente, para Jacira)* — A senhora bem sabia que encontrava a rede...

(Pai do Juca segura os punhos da rede e pendura as alças da corda nos ganchos.)

Pai do Juca — Agora pode deitar e esperar o menino.

Chefe da obra *(tirando o cachimbo da boca)* — Pode o quê?

Jacira *(sorrindo e segurando o braço de Pai do Juca enquanto fala com Chefe da obra)* — Pai do Juca tem o coração maior do que a cabeça. Ele sabe que eu fugi da maternidade porque queria ter o menino em rede, como fazem as mulheres da minha família e da minha terra.

CHEFE DA OBRA — Pode levar a rede... É... É sua mesmo. Era do seu marido.

PAI DO JUCA — Levar? Mas levar para onde? Tem de ser aqui mesmo!

JACIRA *(para Chefe da obra)* — Não se incomode com isso, não. Eu vou voltar para a maternidade. Vou sair... Andar... Andar... Adeus.

(Levanta-se e dá alguns passos.)

CHEFE DA OBRA — Espere... Deixe ver.

PAI DO JUCA — Escuta, homem. Faz o que Deus está dizendo para tu fazer. Ouve lá dentro. Tu não tem consciência ou ela perdeu a fala?

CHEFE DA OBRA *(abrindo os braços)* — Mas... Mas isto pode dar um bode de todos os tamanhos!

Jacira *(sorrindo)* — Dá só um meninozinho... Mas eu compreendo muito bem. Já vou.

Chefe da obra — A senhora... A senhora já está se sentindo... Assim...

Jacira — Não se assuste. Ainda tenho muito tempo de ir.

Chefe da obra *(resoluto)* — Olhe aqui, sabe de uma coisa? Se quiser deite-se na rede e não se fala mais nisso.

Jacira — Mas...

Chefe da obra — Não tem mas nem meio mas. A criança tem de nascer em rede, que nasça. E não se diga que não é a rede do pai dela. Vamos, entre na rede.

(Jacira senta-se na rede. Bestificado, o Trabalhador apanha um travesseiro e o coloca a uma cabeceira. Jacira deita-se.)

Chefe da obra *(ao Trabalhador)* — João...

(Trabalhador não escuta, olhando Jacira.)

Chefe da obra — João! Acorda, bruto! Vai no apartamento 202 do vizinho e chama lá a mulher do médico. Ela mais o marido vão resolver esta parada para a gente.

(Trabalhador sai, olhando Jacira. Faz-se silêncio entre os três que ficam. Chefe da obra acende o cachimbo, sentando-se num caixote, Pai do Juca senta no banco que Jacira deixou e encosta a cabeça na parede. Chefe da obra levanta, apanha um cobertor, cobre Jacira.)

Jacira — Pai do Juca, parece mesmo que eu estou no mar... Nunca me senti melhor na minha vida. Agora já sei que tudo vai correr bem. É como se eu estivesse num barco, remado por Zé... pelo seu filho...

(Jacira se aconchega na rede e dorme. Baixa a luz, que agora incide sobre sua cabeça. A cena toma um ar de presépio.)

PAI DO JUCA *(em tom meramente explicativo e voz baixa, mas falando do seu banco para o caixote do Chefe da obra)* — Meu filho desapareceu no mar há um ano, compreende? E hoje ela veio trazer meu filho de volta.

CHEFE DA OBRA — Ela? Como?

PAI DO JUCA — É o menino que vai nascer.

CHEFE DA OBRA *(como se faz com os doidos)* — Ah, sei, é isso mesmo. Mas agora vamos calar a boca e deixar a menina descansar um pouco.

PANO LENTO

FIM

Perfil do autor

O senhor das letras

Eric Nepomuceno
Escritor

Antonio Callado era conhecido, entre tantas outras coisas, pela sua elegância. Nelson Rodrigues dizia que ele era "o único inglês da vida real". Além da elegância, Callado também era conhecido pelo seu humor ágil, fino e certeiro. Sabia escolher os vinhos com severa paixão e agradecer as bondades de uma mesa generosa. E dos pistaches, claro. Afinal, haverá neste mundo alguém capaz de ignorar as qualidades essenciais de um pistache?

Pois Callado sabia disso tudo e de muito mais.

Tinha as longas caminhadas pela praia do Leblon. Ele, sempre tão elegante, nos dias mais tórridos enfrentava o sol com um chapeuzinho branco na cabeça, e eram três, quatro quilômetros numa caminhada puxada: estava escrevendo. Caminhava falando consigo mesmo: caminhava escrevendo. Vivendo. Porque Callado foi desses escritores que escreviam o que tinham vivido, ou dos que vivem o que vão escrever algum dia.

Era um homem de fala mansa, suave, firme. Só se alterava quando falava das mazelas do Brasil e dos vazios do mundo daquele fim de século passado. Indignava-se contra a injustiça, a miséria, os abismos sociais que faziam — e em boa medida ainda fazem — do Brasil um país de desiguais. Suas opiniões, nesse tema, eram de suave, mas certeira e efetiva contundência. E mais: Callado dizia o que pensava, e o que pensava era sempre muito bem sedimentado. Eram palavras de uma lucidez cristalina.

Dizia que, ao longo do tempo, sua maneira de ver o mundo e a vida teve muitas mudanças, mas algumas — as essenciais — permaneceram intactas. "Sou e sempre fui um homem de esquerda", dizia ele. "Nunca me filiei a nenhum partido, a nenhuma organização, mas sempre soube qual era o meu rumo, o meu caminho." Permaneceu, até o fim, fiel, absolutamente fiel, ao seu pensamento. "Sempre fui um homem que crê no socialismo", assegurava ele.

Morava com Ana Arruda no apartamento de cobertura de um prédio baixo e discreto de uma rua tranquila do Leblon. O apartamento tinha dois andares. No de cima, um terraço mostrava o morro Dois Irmãos, a Pedra da Gávea e o mar que se estende do Leblon até o Arpoador. Da janela do quarto que ele usava como estúdio, aparecia esse mesmo mar, com toda a sua beleza intocável e sem fim.

O apartamento tinha móveis de um conforto antigo. Deixava nos visitantes a sensação de que Callado e Ana viviam desde sempre escudados numa atmosfera cálida. Havia um belo retrato dele pintado por seu amigo Cândido Portinari, de quem Callado havia escrito uma biografia. Aliás, escrita enquanto Portinari pintava seu retrato. Uma curiosa troca de impressões entre os dois, cada um usando suas ferramentas de trabalho para descrever o outro.

Havia também, no apartamento, dois grandes e bons óleos pintados por outro amigo, Carlos Scliar.

Callado sempre manteve uma rígida e prudente distância dos computadores. Escrevia em sua máquina Erika, alemã e robusta, até o dia em que ela não deu mais. Foi substituída por uma Olivetti, que usou até o fim da vida.

Na verdade, ele começava seus livros escrevendo à mão. Dizia que a literatura, para ele, estava muito ligada ao rascunho. Ou seja, ao texto lentamente trabalhado, o papel diante dos olhos, as correções que se sucediam. Só quando o texto adquiria certa consistência ele ia para a máquina de escrever.

Jamais falava do que estava escrevendo quando trabalhava num livro novo. A alguns amigos, soltava migalhas da história, poeira de informação. Dizia que um escritor está sempre trabalhando num livro, mesmo quando não está escrevendo. E, quando termina um livro, já tem outro na cabeça, mesmo que não perceba.

Era um escritor consagrado, um senhor das letras. Mas ainda assim carregava a dúvida de não ter feito o livro que queria. "A gente sente, quando está no começo da carreira, que algum dia fará um grande livro. O grande livro. Depois, acha que não conseguiu ainda, mas que está chegando perto. E, mais tarde, chega-se a uma altura em que até mesmo essa sensação começa a fraquejar…", dizia com certa névoa encobrindo seu rosto.

Levou essa dúvida até o fim — apesar de ter escrito grandes livros.

Foi também um jornalista especialmente ativo e rigoroso. Escrevia com os dez dedos, como corresponde aos profissionais de velha e boa cepa. E foi como jornalista que ele girou o mundo e fez de tudo um pouco, de correspondente de guerra na BBC britânica a testemunha do surgimento do Parque Nacional do Xingu, passando pela experiência definitiva de ter sido o único jornalista brasileiro, e um dos poucos, pouquíssimos ocidentais a entrar no então Vietnã do Norte em plena guerra desatada pelos Estados Unidos.

A carreira de jornalista ocupou a vaga que deveria ter sido de advogado. Diploma em direito, Callado tinha. Mas nunca exerceu o ofício. Começou a escrever em jornal em 1937 e enfrentou o dia a dia das redações até 1969. Soube estar, ou soube ser abençoado pela estrela da sorte: esteve sempre no lugar certo e na hora certa. Em 1948, por exemplo, estava cobrindo a 9ª Conferência Pan-Americana em Bogotá quando explodiu a mais formidável rebelião popular ocorrida até então na Colômbia e uma das mais decisivas para a história contemporânea da América Latina, o Bogotazo. Tão formidável que marcou para sempre a vida de um jovem estudante de direito que **tinh**a ido de Havana, um grandalhão chamado Fidel Castro, e que também acompanhou tudo aquilo de perto.

Houve um dia, em 1969, em que ele escreveu ao então diretor do Jornal do Brasil uma carta de demissão. Havia um motivo, alheio à vontade dos dois: a ditadura dos generais havia decidido cassar os direitos políticos de Antonio Callado pelo período de dez anos e explicitamente proibia que ele exercesse o ofício que desde 1937 garantia seu sustento. Foi preciso esperar até 1993 para voltar ao jornalismo, já não mais como repórter ou redator, mas como um articulista de texto refinado e com visão certeira das coisas.

Até o fim, Callado manteve, reforçada, sua perplexidade com os rumos do Brasil, com as mazelas da injustiça social. E até o fim abandonou qualquer otimismo e manteve acesa sua ira mais solene.

Sonhou ver uma reforma agrária que não aconteceu, sonhou com um dia não ver mais os milhões de brasileiros abandonados à própria sorte e à própria miséria. Era imensa sua indignação diante do Brasil ameaçado, espoliado, dizimado, um país injusto e que muitas vezes parecia, para ele, sem remédio. Às vezes dizia, com amargura, que duvidava que algum dia o Brasil deixaria de ser um país de segunda para se tornar um país de primeira. E o que faria essa diferença? "A educação", assegurava. "A escola. A formação de uma consciência, de uma noção de ter direito. Trabalho, emprego, justiça. Ou seja: o básico. Uma espécie de decência nacional. Porque já não é mais possível continuar convivendo com essa injustiça social, com esse egoísmo."

Sua capacidade de se indignar com aquele Brasil permaneceu intocada até o fim. Tinha, quando falava do que via, um brilho especial, uma espécie de luz que é própria dos que não se resignam.

Desde aquele 1997 em que Antonio Callado foi--se embora para sempre, muita coisa mudou neste país. Mas quem conheceu aquele homem elegante e indignado, que mereceu de Hélio Pellegrino a classificação de "um doce radical", sabe que ele continuaria insatisfeito, exigindo mais. Exigindo escolas, empregos, terras para quem não tem. Lutando, à sua maneira e com suas armas, para poder um dia abrir os olhos e ver um país de primeira classe. E tendo dúvidas, apesar de ser o senhor das letras, se algum dia faria, enfim, o livro que queria — e sem perceber que já tinha feito, que já tinha escrito grandes livros, definitivos livros.

LIVROS QUE INTEGRAM O TEATRO NEGRO DE ANTONIO CALLADO

A revolta da cachaça
O tesouro de Chica da Silva
Pedro Mico
Uma rede para Iemanjá

Livros de Antonio Callado

A cidade assassinada
A Madona de cedro
A Revolta da Cachaça
Assunção de Salviano
Bar Don Juan
Colar de coral
Concerto carioca
Crônicas de fim de milênio
Entre o Deus e a vasilha
Expedição Montaigne
Frankel
Memórias de Aldenham House
O tesouro de Chica da Silva
Pedro Mico
Quarup
Reflexos do baile
Sempreviva
Uma rede para Iemanjá

A primeira edição deste livro foi impressa nas oficinas da
DISTRIBUIDORA RECORD DE SERVIÇOS DE IMPRENSA S.A.
Rua Argentina, 171, Rio de Janeiro, RJ
para a EDITORA JOSÉ OLYMPIO LTDA. em novembro de 2021.

★

90º aniversário desta Casa de livros, fundada em 29.11.1931.